JN157320

蜜柑の恋

［俳句とエッセー］

衛藤夏子

創風社出版

俳句とエッセー　蜜柑の恋

目次

大人になったら

わたしが幼稚園のころ、実家の近くに教会が建った。白亜の建物で、ステンドグラスの窓があり、大きなオルガンがあった。「重荷を背負っている人はわたしのところへ来なさい」という聖書の言葉が表札にあり、いつでも門戸を開放していた。

わたしは、一歳違いの妹と、近所の葉子ちゃん、京子ちゃんという四人でいつも遊んでいた。ある日、四人で探検しよう、と教会の扉を開け、中に入った。その日から、そこが秘密基地のような場所になり、平日の放課後、誰もいない礼拝堂で、ままごとをしたり、かくれんぼをした。やがて、牧師先生に見つかり、怒られると思っていたが、優しく日曜日の礼拝に誘われた。おこずかいから献金の十円玉を握りしめ、朝九時の礼拝に四人で参加し、聖書を読み、讃美歌を歌った。

わたしが小学生二年生のころ、教会のお手伝いをしていたお姉さんが、洗礼を受けることになった。当時、洗礼の意味は充分にわからなかったけれど、お姉さんは幸せそうで、洗礼名が外国の名前だったことに憧れた。確か、マリアだったと思う。

わたしたち四人は、早速、自分たちも受けようと言いあった。帰宅して、妹と一緒に母に頼むと、母はびっくりして、次の週には予定があるから教会は休みなさい、という。日頃、教会へ行くことに寛容だった母が、血相を変えたのを見て、他の家でも同じだったようで、わたしたち四人は、大人の反応に戸惑った。その次ぎの週から、母親たちで相談しあったようで、四人は、日曜日に家族で外食したり、ピアノの振り替えレッスンに通わされた。

「どうして、洗礼受けたらいけないの。教会に行ったらいけないの」

「あなたたちが子供だから。大人になって、自分で判断できるようになってから、教会に行き、洗礼は受けなさい。これからあなたたちは、いろんな人に出会う。いろんなところに行く。出会いを大切にして生きなさい。いろんな経験をしなさい。洗礼を受けて、教会に奉仕することは、交際範囲を狭めることになるかもしれないの。どうしてもその中の人だけで仲良くなるからね。それでもいいと選択できる、自分で考えられる大人になってから受けなさい」

母は、日曜日に、わたしと妹の好物だったパンケーキを焼いてくれながら言った。当時は、言葉の意味をきちんとは理解できてなかったけれど、日曜日ごとに予定で忙しくなり、外食したり、好物のもの食べさせてくれたりしたので、いつしか教会へ通うことはなくなった。一度、牧師先生が勧誘で家に来たけれど、母は丁寧に断って、わたしたちも反対を押し切ってまでの魅力を、教会に感じなくなっていた。

母の言葉は、その後、誰とでも仲良くしなさい、いろんなことを経験しなさいという言葉へと昇華され、わたしの指針となった。

「お姉ちゃん、大人になったら、マリアになるの」

「わからない。夏子って名前でもいいような気がしている」

「そうそう、マリアって似合わないよ。鼻が低いし、髪の毛黒いもの。お姉ちゃんは、夏子で、なっちゃんのままでいいよ」

姉妹でお風呂に入っているとき、妹が言った。わたしはなぜか安堵した。

第一章　文学のこと

春の空おひとりさまに広すぎる

でたらめの青い空あり春の街

春満月漱石読んでひとり酒

頭蓋骨どこにおこうか春の宵

若葉風貝の絵本をひとり読む

ビキニ買いメロンを買ってでもひとり

スニーカー脱ぐ週末よ水すまし

すぐ開く百合の蕾と犬の口

大切な人だと言われ胡瓜もむ

青蛙空の孤独を知った朝

讃美歌にはねる音あり夏の蝶

少年の頭の奥に積乱雲

野原行く少女はみんなバナナ持つ

鉛筆を削れば夏の去る匂い

画集見る少年の眼の秋の川

本棚にどんぐりひとつ君が好き

花柄の似合う年ごろ青林檎

交差点魔女もお化けも渡る秋

古本の言葉拾って秋日和
またひとつ露草ほどの恋をして

秋晴れてととと遊ぶ屋根の上

万年筆似合う先生小春の日

ことりことり身の丈ほどの恋を知る

猫の声ちょっと濡らして雪催

階段の猫の孤独と冬の日と

冬菫火星の話聞いている

くすくすとポストの横の雪だるま

二階からブーツと女降ってきた

マンボウの卵三億春近し

春の風吹いてサーカス次の街

書くこと

小さいころから、本が好きで、書くことが好きだった。

二十五歳で結婚退社してから、時間ができたせいもあって、書きたい想いが溢れた。翌年、初めて書いた百枚ほどの中編小説を佐藤夏子の名前で第一回小説フェミナ新人賞に応募し、運よく最終候補七本に残った。バブルが終わり、まだワープロの時代で、今ほど書き手が多くなかった。第一回フェミナ新人賞は、井上荒野氏、江國香織氏が授賞しており、その後継として注目された新人賞になり、出版業界にまだ新人を発掘して育てようという体力があって、最終候補者には編集者がアドバイスしてくれた。わたしは、副編集長の村上氏から助言をいただいた。

受賞にならず、選考委員の渡辺淳一氏から「人間が書けてない。この人は机の上で書いている。いろいろと経験を積んだ方がいい」と厳しい評を頂いた。作品から人間を見透かされたような気分になった。ただ、村上氏が「あなたの作品には筆力があります。書き続けてください」と折をみて、励まし続けてくれた。書くうちに、小説を学びたいと思い、二十八歳のとき、一年間、藤本義一氏の文章教室（心斎橋大学）に通った。

在学中、第十一回大阪女性文芸賞で佳作を受賞した。幸運にも秋山駿氏が推してくれた。「新人には酷な注文かもしれないが、この人は力がありそうなので言ってみるが、ここに描かれたのは社会の一断面としては、いわば既知の構図である。文学的には、もう一歩生の光景を描いて欲しかった」と過分な評を頂いた。この時の秋山駿氏との出会いが、佳作受賞したことが、四十代以降、大阪女性文芸協会の尾川裕子代表や作家の先生方とのご縁を与えて頂いた、と言っても過言ではない。

今まで、三回ほど、文学賞の最終候補になった。三度目は、第六回坊っちゃん文学賞だった。松山市が主催する賞で、当時、最終候補に残ると、松山市に招待してくれた。全日空ホテルに一同で泊まったので、候補者は顔見知りとなり、その後数年は連絡をとりあった。受賞にならなかった。この時の受賞者は文学に傾倒し、無頼派になるべく競馬にのめり込んで、自分の店を売ってしまったと、風の便りに聞いた。彼の噂を聞くたびに、書くこと、書き続けることの怖さを感じた。

坊っちゃん文学賞は三十四歳のときの応募だが、実際には三十歳のころに書いた作品を推敲したものだった。私が憑かれたように小説を書いた時期は、二十六歳から三十歳までの短期間だった。二十九歳の時に出産した。その後、書きたい衝動が消えてしまった。義務で書くことはできるけれど、溢れでるように書きだした情熱はなくなった。

チョコレート

子供が中学生になったとき、尾川代表から三度めの依頼の電話があった。大阪女性文芸協会で一緒に仕事をしてほしいというものだった。家事とパートの仕事と子育てに忙しく、不器用な性格なので、自分の時間を長時間つくるのは子供が大きくなるまで無理だと言って、断って、待ってもらっていた。子育てが待ってもらった最大の理由だったけれど、もう一つ、文学部出身でないわたしが、協会の仕事をできるだろうかと自信もなかった。無知だったので、文学的知識を勉強する時間も必要だった。

「わたしで大丈夫でしょうか」

「大丈夫。先輩たちのうしろ姿を見て、これからもっと学んでくれたらいい」

尾川代表の明るく優しい性格にも押され、わたしは仕事を引き受けた。

仕事は、主として大阪女性文芸賞の候補作を選ぶ下読み、選考会、贈呈式、食事会だ。五月末締切りの応募原稿を受付し、六月から八月末までの二ヵ月間、全国各地の下読み委員も含めて、応募原稿の下読みをする。八月末、梅田に集まって、下読みで票を集めた作品を役員で読み直し、候補作を決める。その後、ここ数年は、安堵感とご褒美で、みんなで、大丸梅田店のカカオサンパカのチョコレート菓子を食べている。

これぞと思う素敵な作品にめぐりあえたとき、チョコレートは甘く、消去法で候補作を決めたとき、チョコレートのほろ苦さが口に広がってしまう。

東京の夜空

　黒井千次先生と津島佑子先生が選考委員の間、選考会は、毎年、神保町の学士会館で行われた。一昨年の二月、津島先生が急逝された。今年、黒井先生が高齢を理由に勇退され、去年の十月、新しい選考委員の中沢けい先生と黒井先生で最後の東京選考会となった。

　最後の選考会のあとは、御茶ノ水のビストロ「備前」に行った。津島先生が好きなお店だったそうだ。駅前にあり、コスパがよく、何よりフォアグラ丼が美味だという。室内には石坂浩二氏の油絵がかかっていた。黒井先生、中沢先生、尾川代表が津島先生との思い出話を語ったり、文学のことやご自身の体験を話されるのを、わたしは末席で静かに聞いていた。四人で店を出たとき、夜の帳が降りたなか、ハロウィンの装飾のネオンが眩しかった。そして、東京の空には、星が、思ったよりたくさんあった。

「これから先の人生で心が折れそうになったときには、今夜のことを思い出すのよ」

ホテルまでの帰りのタクシーの中で、尾川代表がヘタレのわたしに言った。ノーテンキだけれど、小さなことでひどく落ち込んで、それなのに余計なことを話して人を傷つけて、と日々、不器用に生きている。そんな中、東京の夜空に思ったより星があったように、何気ない日常に、思ったより幸せは落ちているのかもしれない。そう思って、これからも前向きに進んでいくしかない。

「大阪帰ったら、報告して、原稿チェックして。打ち上げのお店も決めなくては」

隣に座る彼女は、受賞者や関係者に携帯で忙しそうにメールを送信しだした。

車窓から見える東京の夜空は、漆黒の中、雲のかすかな動きが見えだしていた。

青葉風

「衛藤っていい苗字ね。漢字がいいわ」

「主人の出身が小倉で、福岡や大分に多い苗字です。津島って青森に多いですか」

「青森に多いのは対馬なの。先祖が九州の島津に憧れて、同じ音だから対馬を津島に変えたの。苗字って辿っていくと面白いわよ」

そう言って、津島佑子先生は紫煙をくゆらせた。頬から顎にかけての線がお父様を彷彿させ、思わず見惚れてしまいそうになりながら、こんな他愛無い話をして頂いたことが懐かしい。平成二十八年の二月、突然の訃報。青葉ゆれる平成二十八年五月にお別れの会。先生を偲んで、「寵児」を読みなおしてみよう。青葉風に吹かれながら。

桜桃

太宰治の自伝的短編「桜桃」は、「子供より親が大事」というつぶやきで終わる。自らの放蕩で家族を崩壊させていく苦悩を描いた小説だ。その中で、桜桃はぜいたく品として書かれ、子供には食べさせず、父（自分）だけが食べる。

子供のころ、桜桃の愛らしい形に魅かれて、お弁当に入れて欲しいとお願いした。「高いから」と母は難色をしめし、代わりにアメリカン・チェリーを入れてくれていた。わたしは偽物が入っている、と思った。幼稚園年長の遠足のとき、水疱瘡にかかって休んだ。家で、母がお昼をお弁当にしてくれた。蓋を開けると、桜桃が入っていて、休んでいいこともあった、と嬉しかった。母のお弁当箱には、アメリカン・チェリーが入っていた。

六月十九日、太宰治の命日は、桜桃忌と名付けられている。

花火

又吉直樹氏の小説「火花」は、熱海の花火大会でのシーンから始まる。そして、作品の中にちりばめられているエピソードは、どれも可笑しく哀しい。

貧乏な姉が紙のピアノで演奏練習していて、教室でピアノの電源を入れることを知らなかった、といったオチのある挿話の数々は、漫才ネタになりそうだ。売れない先輩芸人神谷が売り込みのために巨乳になる話などは、漫才で聞くと、大笑いしそうだ。しかし、読み終えると、そこはかとなく哀しみがある。これって、花火と一緒だな、と印象的な冒頭シーンを思い出してしまった。

花火も華やかな反面、一瞬が過ぎると切なさを与えてくれる。笑いと哀しみは、花火のように、人生においても表裏一体なのかもしれない、と感じてしまった。

萩の花

明治の歌人与謝野鉄幹は女性礼賛家で、親しい女弟子に白い花の名前をつけて呼んだ。山川登美子（白百合）、増田雅子（白梅）、玉野いと子（白菫）などで、後に妻となる鳳晶子には白萩だった。

歌集「みだれ髪」に代表される情熱の歌人与謝野晶子は、地味で清楚な白萩の花のイメージに合わないなあと思った。だが、萩の花は生命力が強く、充分な水分や肥料がなくても育つ逞しい花だと知ったとき、結婚後、貧困の中、十二人の子供を育てた晶子と重なった。

なるほど、鉄幹先生は見抜いていたのかな。それ以来、萩の花を見つけると、花の可憐さだけでなく、地下にある凛とした根の生命力の強さを思うようになった。

小さいころから①

本を読むのが好きな子供だった。

「目が悪くなるからいいかげんにやめなさい」と母によく怒られた。就寝時間が過ぎ、読みかけの本がどうしても読みたくて、隠れて布団の中で読んだことも多々あった。だから、今、目はド近眼だ。絵本から始まって、小学校のころは、ルパンシリーズ、ホームズシリーズ、少年探偵団などの推理物のシリーズをよく読んだ。そのうち、アガサ・クリスティ、エラリー・クイーンにまで広がった。

小学五年、六年のころ、校内や地域の読書感想文や作文で表彰されたこともあって、友人数人と同人誌のようなものを担任のA先生の指導で作った。そこに、「ジャイとリパーリス」という探偵ものを連載していた。今から思うと、すぐに悪人が死ぬという、つたない内容の赤面ものだけれど、友人が可愛い挿絵を描いてくれて、クラス内で好評で、一年ぐらい発行した。

小学五年、六年時の担任のA先生は大阪芸大出身の女性の美術の先生で、地方都市の公立小学校の先生としては、異色だった。青空の下で読書をさせてくれたり、週末、行きたい人を募って、京都市立美術館のエルミタージュ美術展などの展覧会に引率してくれた。自分が集めた展覧会の画集をみんなに見せてくれたり、放課後、油絵を教えてくれた。みんなそれぞれ人と違っていい、長所を生かせば短所は少々あってもいいんだよ、といった考えの先生で、A先生の授業は教科書から脱線して、多彩で面白かった。

本を読んで、絵を描いて、推理小説まがいのものをクラス内の同人誌に書いて、小学校時代のわたしは、空想することが好きな子で、よくきょろきょろして、母からは早く食べなさい、早く寝なさいと言われた。

A先生は日記を書くことを推奨され、クラス内でオープンでグループ日記（交換日記）をつけ、先生が一言入れてくれた。それとは別に、仲の良い女友達四人で交換日記をつけた。サンリオのキキとララのキャラクターの日記帳に思い出を書き合いして、コメントしたりした。交換日記は、ラインなどの通信手段がない時代、紙と鉛筆の時代ならではの交流手段だった。そして、自分用にも日記をつけた。わたしの場合、辛いときや哀しいことがあったとき、日記を書いて自分を鼓舞していた。

春風

「辛いときや哀しいとき、わたし、高いところに登ります。下を見て、人間があまりにも小さいことを知ると、自分の悩みって、なんだか馬鹿馬鹿しくなります」

そう言って、後輩は、わたしをあべのハルカスの展望台に誘ってくれた。五十八階から見下ろす眼下、人間は小さく、意外とみどりが多い。心を傷つけるのも人間なら、心を癒すのも人間だと思った。

プランターで黄色の花が揺れた。風がでてきた。

「風、少しあたたかくなったね」

「もう春ですぞ。春風ですぞ」

彼女の茶化した言い方がおかしくて、わたしもつられて笑った。

文学と俳句

某月某日、図書館のテラスで。

「俳句は文学だと思いますか」

「この命題は難しいですが、どちらかというと、少しずれていると思います」

「なぜですか」

「文学は、人間を描くもの、という思いがあって、俳句で多面的な人間を描くことは字数の少なさから難しいと思っているからです。ただ、時折、人間の一瞬を上手く詠んだ句もあって、きゅんとすることとあります。十七音に胸を一撃され、小さな感動があったりすることも。そういうのは、掌の文学と思ったりします。先日、「第二芸術論」を学ぶ機会があって、時代性もさることながら、やはり、俳句は文学とかと同じ種類の芸術ではないんじゃないかしら、と思いました」

「では、文学と俳句の似ているところは」

「どちらも、生活の役には立たないかもしれないけれど、心を豊かにしてくれるところだと思います」

小さいころから②

小さいころから、足が速かった。運動は得意ではないけれど、好きだった。長距離のマラソンは駄目だけれど、短距離は速く、木登りの得意な少女だった。高いところも好きで、小学校二年のころ、近所の飛島建設の社宅の屋上に友人とあがって、柵を越えて遊んで、母親たちに物凄く怒られた。今から思うと、一歩踏み外すと死ぬような場所で、よく登って柵まで超えて遊んでいたなあ、と驚く。無知の怖さなり。

変なところに律儀で、少年少女日本文学シリーズなどは、一巻から全部読んでしまう子だった。決断力は早いけれど、あとからよく後悔した。直観と感性で動くような少女だった。思ったこともすぐに口にして、しまった、と反省もした。要するに、きちんと考えないアホなのだ。

中学校、高校時代は、国語と数学が好きだった。理科が嫌いだった。高校のころ、太宰治や三島由紀夫を読んだ。心中に少し憧れた。が、幼少期に教会に通って、神様の思し召しがあるまで命は大切にしなさい、と教えられたので、憧れで終わってよかった。

現代小説は、水上勉から始まって、当時流行りのものを乱読した。大学時代は、連城三紀彦、高樹のぶ子などの恋愛小説やサリンジャーなどの翻訳小説を好んで読んだ。

社会人になってから、大阪女性文芸協会の仕事もあって、藤本義一、選考委員の河野多恵子、秋山駿、黒井千次、津島佑子、芥川賞作品、直木賞作品などの小説を中心に読んでいた。小説と作家の人格は別とわかってはいても、作品からお人柄のイメージをふくらませてしまい、実際に会ったときにびっくりすることが多かった。

藤本義一氏は博覧強記な方で、機関銃のようによくしゃべる先生だった。高校三年生からは理系クラスのこともあって、父や主人も理系出身だったこともあって、男性は寡黙、のイメージがあったので、こんなにしゃべる男性がいるのは軽いカルチャーショックだった。文章教室内（心斎橋大学七期生）の卒業エッセイコンクールで、奨励賞を受賞したとき、わたしの色紙には、「創造は想像より歩む」という言葉を書いてくださった。

硬派のイメージの秋山駿氏に会ったとき、あまりに優しい人柄にびっくりした。

「国分寺のひばりが丘に住んでいるけれど、ひばりは飼っていないからね」

お茶目なギャグを言ったときは、この人は本当に「信長」を書いた人だろうか、と疑いそうになった。

河野多恵子氏は、威厳があって、怖かった。この先生が、倒錯愛を描いたりされるのか、とおかっぱ髪からぎょろりとのぞく澄んだ目で睨まれると、わたしの乳房の下を見透かされるような感覚になった。

黒井千次氏は、温厚な紳士で、食事会のときなどは、ご自身の経験をお話ししてくださり、みんなで聞き入った。誰に対しても同じ目線で優しい方だ。「春の道標」は奥様がモデルと聞いていたので、数年前に贈呈式に夫婦で来て頂いたときは、会えて嬉しかった。

津島佑子氏は、現実でも反権力的なところがあって、お嬢様と言われるのを好まない、かっこいい女性だった。細いメンソール系の煙草をふかす姿が特に恰好よくて、弱いものに対するまなざしはいつもあたたかな人だった。わたしがモタモタして尾川代表に怒られたとき、クスクス笑って、小声で、ドンマイ、ドンマイと励ましてくれたこともあった。

小さいころから、書くことで癒されることも多かった。人前で上手くしゃべれなかったり、仕事で失敗したり、怒られたり、友人関係に悩んだとき、つらつらと書いていているうちに悩みが薄くなることがあった。もちろん、悩みは消えはしないけれど、少しは楽になる。ワープロやパソコンが発達してから、日記帳に書くことは無くなったけれど、今でも辛いときや哀しいとき、そっとパソコンやスマホの画面に文字を打ちこんで、削除して、明日から元気だしていきましょ、と小さく呟いてしまう。

第二章　仕事のこと

新涼の調剤室にナース帽

眠剤の数かぞえてる今朝の秋

薬剤師来て薬箱に小鳥来る

失職の内科医の夢鳳仙花

点滴の音の広がる夜長かな

真昼間の入院病棟石蕗の花

かもめかもめだんだん薬増えてくる

寒いねと眠り薬を飲む少女

冬銀河遺伝子操作研究中
着ぶくれて白衣の下はミルフィーユ

十二月お転婆ナース駆けめぐる

福寿草解熱薬に愛少々

梅香る葛根湯を飲んだ朝
待つ患者聞き耳立てて春隣

注文の多い患者や辛夷咲く

ふともらう転居通知と春の風邪

春愁うトローチの穴おおきくて

桜餅スケッチしてる医学生

東風吹いて睡眠薬の飲み忘れ

山笑う白衣の丈を伸ばす医師

新緑のドレミファドクター歯は白い

就活のエントリーシート走り梅雨

子に渡す水薬は赤アマリリス

調剤台どかんと座る西瓜あり

包帯をくるりと外す帰省の子

星祭院内感染増殖中

わんさわんさ帰省土産を食べながら

劇薬の添付文書に西日入る

蝉時雨余白の多いカルテ読む

白シャツと黒の下着の採血日

そら豆

大学を出て、製薬メーカーで研究職に就いた。バブルの終わり、男女雇用均等法が施行され、学部卒の女性が総合職や研究職に就職できるようになった。生理休暇がなくなり、女性の残業も当たり前の時代になった。

直属の上司は頭の回転の早い、歩くのが早い、食事が早い、しゃべるのが早い、仕事大好きな背の高い大男だった。残業用にカップヌードルを三分で食べ、終電のバスで帰宅する毎日だった。仕事で、睡眠時間が六時間を切ることも多かった。彼が歩きながら、データ値を読みあげるのを、わたしは、メモ片手に小走りになりながら、幾度かつんのめりそうにもなりながら、ついて回ってひかえた。午後六時ごろ、みんなが帰社するときに、もう一回やり直せ、と言われたことも多かった。ご冗談を、と言う言葉を何度も飲みこんだ。今日こそは定時に帰りたい、という思いが砕け散る瞬間、自分の不甲斐なさに心で泣いた。父母や会社の友人に愚痴を聞いてもらうとき、顔の形が似ていることから、わたしは彼のことを、そら豆、とひそかに呼んでいた。

そら豆に褒められたことの少なかった研究所時代。研究所内でいつも一番遅くまで明かりの点いているのが、わたしたちのところだった。

そんな中、結婚が決まり、わたしはあっさり退社を決めた。早く帰れる他の部署への配置転換を願い出て、せっかく入社したメーカーで働く道もあったけれど、さほど未練はなかった。

結婚退社したわたしの披露宴に参列してくれたそら豆は、宴が終わったあと、わたしの父の席に来て、そっと言ってくれたそうだ。

「娘さんはよくがんばってくれました」

それから、父と握手までして、祝ってくれた。

父は、その夜、そら豆を噛みしめて、ビールで、母と祝杯をあげた。

一方のわたしは、そら豆を見る度に、怒られた日にぼりぼり食べたことを思い出す。

軟式庭球部軍団

高校の進路選択時、文学部と迷ったけれど、両親や高校教師の薦める薬学部を選択した。薬学は好きではなかったけれど、大学生活はそれなりに楽しかった。体育会系の軟式庭球部に所属した。そこで、十二人の仲間に出逢ったから。十三人でよく行動していたので、いつしか学内で「軟庭軍団」と呼ばれるようになった。どういうわけか気があって、卒業しても毎年数回は会い、旅行もする。

大学院に進み、理研に入社したぬりえをのぞいて、私も含めた十二人は、メーカーに就職したり大学病院で働いたあと、結婚、出産を機に、薬局で薬剤師として働いている。会えば、同じ業界、地域差があるものの、患者さんの対応、新薬の情報など話題はつきない。しょうもない昔の思い出話に、年甲斐もなく笑う。

みっち、うえら、さのちん、みき、ゆかりちゃん、かずりん、にえる、まみ、ぬりえ、しのぶ、さっち、わか。愛しい友人たちで、主人より長い三十年以上の付き合いになった。

軟庭軍団が骨粗鬆予備軍団になり、白髪軍団、老人ホーム入居軍団になっても会おうね。最近は、そんな話ばかりする歳になった。

元麻薬取締り官

結婚してからは、調剤薬局のパートで働いている。今の上司は元麻薬取締り官で（通称、麻取り）百八十センチを超える頑丈な身体で、少し強面だ。大学時代は、体育会系サッカー部のＧＫをしていたそうだ。普段は寡黙だが、宴会でみんなにせがまれると、麻取り時代の話をしてくれる。司法、行政の手薄になる盆と正月には密輸が多かったこと、数々の武勇伝など。

彼が初めて薬局に出勤したとき、大きなブルガリの時計をはめ、大型のＢＭＷに乗って、オールバックのテカテカ髪で、薬剤師と思えぬ風格だった。麻取り時代、ヤクザを相手にすることも多かったので、こちらにも威圧感が必要で、そういう身のこなしが身についたそうだ。

麻取りは、管理職になると二、三年ごとの転勤もあり、大変な職業だ。加害者の人権は守られるのに、捜査する方の人権は自分たちで守らなくていけないというジレンマにも苛まれたという。

　そんな麻取りから転職した彼だが、今では、病気の子供や老人に薬を渡す姿からすっかり威圧感は消えて、広島カープ愛で満たされている。

薬局実習生

薬学部が六年制になってから、五回生のとき、病院実習と薬局実習が必須単位になった。

わたしが学生のころは任意であり、期間も一週間からと短期間のものもあり、必須単位にならなかった。五月、九月、一月。薬局は、十一週間、近隣の薬学部から薬局実習生を受け入れる。今年も五月八日から、女子大生がわたしの勤める調剤薬局に来ている。

五回生は二十歳を超えているけれど、まだ充分に初々しい。懸命にメモを取る姿、患者さんの前で真っ赤になる姿。今どきの学生はパソコンやスマホを駆使し、驚くほどの情報量を持っていて、プレゼン力もある。おまけにカラオケも上手い。

学生に教えるということは難しく、昔より日々覚えなければいけないことも多くて、自分への反省に落ち込むこともあるけれど、学生の笑顔に、毎年、救われている。今年の彼女、将来は病院で働きたいそうだ。おっとりしているけれど、中高校時代はバレーボール部だったという。どんな薬剤師に、どんな女性になるのだろう。母親のような目線で、ついつい実習生の幸せを願ってしまう。

薬学と俳句

某月某日、待合室のカフェで。

「薬学と俳句は明らかに、全然違ったものですね」

「はい、薬剤師と俳人は、違った人種だと思っています。同僚の中には、無機質な横書きのレポートは書けるけれど、感情の入った文章を書くのは苦手で、一文書くのに、五分以上かかると言う薬剤師もいます。逆に、カタカナ文字や元素記号、数量の計算などは大嫌いという俳人もいます。わたしは、どちらにも突っ込んでしまいましたが、どちらも下手です」

「薬剤師に下手ってあるのですか」

「今では調剤も器械化されて、手先の器用さなどの優劣は少なくなりましたが、基本的に上手な薬剤師は、気づくのが早い人だと思います。新薬の作用機序をいち早く理解している方や記憶力の良い人も凄いけれど、患者さんとのちょっとした対応から具合を読み取ったり、気づくことができる方は上手な薬剤師だと思います」

「薬学と俳句は何か似ているところありますか」

「ないと思います。しいて見つけるならば、相手が喜んでいただけたら、どちらも嬉しいというところです」

R先生へ　～モグリの薬剤師～

拝啓

日の暮れるのが早くなりました。

大学四回生の時、先生が薬剤部長を務める大学病院に実習へ行かせてもらって、もう二十五年以上になります。先生が定年退職されて、十五年以上経ちます。最初に接した薬局の薬剤師の女性が先生であって、その凛とした姿は、今もお手本として脳理に刻まれています。

挨拶の仕方、薬箱の潰し方から習って、実習期間中の厳しい叱責。こんなことも知らなかったら（できなかったら）、それはモグリの薬剤師だからね、という言葉は、のちに、自分を戒めるときに、わたしはモグリの薬剤師と自虐的に使ってしまうほど、その言い方が強烈でした。

当時と違って、今は水薬や散薬も器械で調剤できるようになりました。機械化や通信機器の発達する一方、後発医薬品に代表されるように薬の数が増え、覚えることが格段に増えました。

薬局の風景もずいぶんと変わりました。

まず、ここ数年、病気の子供の付き添いで薬局にくる父親が増えたこと。共稼ぎの母親が増えたこともあるのでしょうが、平日でも父親の姿が多くなりました。会社どうしているのかしら、と思うほど、父親の育児参加が普通になっています。

父親の役割、母親の役割は、年々、混同されているようです。

勤務先の薬局では月一回、製薬会社の医薬情報担当者（ＭＲ）を先生として、新薬の勉強会をしているのですが、ＭＲに女性が増えたこと。今では、うちの薬局にくるＭＲの半数以上が女性です。女医も増えました。看護師に男の方も増えています。性別による医療従事者の役割はなくなってきています。

また、ＭＲに文系学部出身者が増えたこと。以前は、薬学部か農学部出身者だったのが、今は半数以上が文系学部出身者です。採用担当者の方に聞いたことがあるのですが、なまじっか知識を持っている薬学部の学生より、何も知らない経済学部や文学部の学生の方が、入社後、無知を自覚し、努力するので伸びる方が多いそうです。

数年前、某製薬メーカーの評判の良いＭＲの方の勉強会がありました。その方は、商学部出身で、中途採用で、前職は難波（ミナミ）でバーテンダーだったと言っておられました。薬の説明だけでなくて、自分の過去の経験を含めた話の内容自体が多彩で、ウイットに富んでいて、人間的に面白い方でした。商品のプレゼンも随分と変わってきました。

最近は、薬学実習生が自分の子供と同じ世代になって、月日の早さを感じてしまいます。いまだに知らないことやできないことは多くて、わたしはモグリの薬剤師とひとり呟いて、ウジウジしてしまうこともありますが、同僚や上司に恵まれた職場に感謝しつつ、毎日を過ごしています。

これから薬局は、冬の繁忙期になります。インフルエンザの季節、先生もお身体に気をつけてください。それでは、またいつか、お会いできる日を楽しみにしています。

敬具

亀のマスコット

しばらく姿が見えない、と思っていたら……慢性疾患の高齢者の場合、亡くなったり、介護定住型の老人ホームに移住されていることが多い。家族が訃報を報告に来てくださった日の昼休みなどは、その患者さんの話題で持ちきりになる。

「あの人、椅子の端によく座って待っていましたね」

「いつも奥さんと薬を取りに来ていましたね」

「テレビの音が小さいって愚痴っていましたね」

亡くなった人のカルテは、保管期間が終われば、シュレッダーで読めなくなるように情報が消されて処分されてしまう。薬局は間接的にしか患者さんの死と向い合わない現場だけれど、それでも、死というのは、やはり重くのしかかる。医師や看護師のように日常茶飯事に直接向き合っている現場と違って、郷愁に似た感覚で、少し時間差で、患者さんの死の哀しみは訪れる。

「薬局なんかにお世話にならない健康な体の方がいいのだろうけれどね。でも、お世話になったおかげで、薬局のみなさんに会えてよかった」

そう言いながら、Sさんは、その日もリリアン糸で編んだ亀のマスコットをくれた。Sさんは、高齢で足が悪かったせいで、病院近くの自宅まで薬剤師が交代で薬を届けていた。わたしたちが伺うととても喜んでくれて、お茶を用意してくれ、必ずお手製のマスコットを、一回の訪問でひとつくれた。勤務中なので、さすがにお茶は辞退したが、マスコットはみんなでひとつずつもらうことにした。良い御縁がありますように、と願いをこめて、五円玉を甲羅にした亀を、ひと針ずつリリアン糸で縫って、つくってくれた。誰にどの色があたるかはお楽しみね、と嬉しそうに編んでいた。みんなに亀のマスコットが行き渡ったころ、彼女は静かに息を引き取った。

「生前、母がお世話になりました」

息子さんが薬局に訃報を告げにきたのは、亡くなってしばらく経った秋の暮だった。

彼女のカルテも保管棚へと移行された。わたしが頂いた分の亀のマスコットは、わたしの白衣の胸ポケット、名札の安全ピンにそのまま吊るしてある。七色のリリアン糸で編まれた亀のマスコットは、今日も小さく揺れている。

第三章　映画のこと

海街に四姉妹いて春の風

ふらここをひとりで漕いで日の暮れて

初恋の人の来た道桐の咲く

百合咲いてわたし二階で窓そうじ

つばめ飛ぶ郵便局は三丁目

六月の名刺ください晴れた日に

炎帝にむかって僕はここにいる

ほたるほたる飛ぶ飛ぶ灯る風吹いて

パプリカの赤はおしゃべり好きな色

海の日だ海軍カレー大盛りだ

らくだらくだ真夏の夜のひとりごと

目薬をプールにたらす午後六時

パイレーツ言葉の海へ夏航路

カルピスと紺の水着の少女の日

サンダルはたとえば青で恋終わる

夏野行く少女はすでに点となり

八月の愛は黄色で尖ってる
かなかなのこの世はいつもかくれんぼ

露あらば月のしずくと思う朝

無花果を頑固親父と分け合って

秋立つ日海を感じた少女の日

坂登るタイムスリップ小鳥くる

怒りんぼう淋しんぼうかも秋の雲

木琴の音の明るさ秋の暮

ポケットに入れたままなり落椿

過去に降り現在に降り外は雪

触診の指しんしんと雪催

グーグルで街角さがす雪さがす

湯をわかすほどの恋してクリスマス

海鳴りの廃墟の街の豆の花

映画合評会

映画を観て、みんなで感想を語り合うのが好き。語り合うというより、教えてもらうことが多いけれど。同じような感性の方の意見に共感するのもいいけれど、全く別の観方や思考回路に驚くことも楽しい。関西である毎月の合評会も面白いし、インターネットで、年末から年始にその年に観たベストテンを発表しあうのも好きだ。映画の先輩たちと毎年恒例になっており、末席で参加させてもらっている。そのためにもお薦めの映画は観ておかなくては、と毎月、映画館に足を運んでいる。

「この世界の片隅で」というアニメ映画の関西での合評会。オーソドックスな観方は、戦争を通して、日常の大切さ、貴さを描いた作品というものだった。反戦映画だという方もいた。だが、この作品を、女性の結婚観、どういう結婚が幸せかをあらわす、といった先輩女性の意見にはびっくりした。

主人公すずは、好きな幼馴染がいたけれど、見合いで呉に嫁ぐ。数回しか出会わずに結婚するが、婚家でその風習にもまれながら夫婦愛を育んでいく。一方、小姑は親の言うことを聞かず好きな男と無理に結婚するが離婚し、出戻ってくる。戦時中、女性の結婚は家のつり合いを考慮し、お見合い結婚が主流だったと聞く。与えられた場所で、幸せを見つけて生きていく結婚をしたすずを賞賛した映画だと、件の女性はいう。戦争は条件づけでしかなくて、二人の女性の対称的な結婚観を描いているという。

彼女の熱弁を聞きながら、いろんな観方ができるのだなあ、と思った。

イラン映画の「セールスマン」の合評会は大きな発見があった。

主人公の劇団員夫婦は、引っ越しを余儀なくされる。新しいマンションで、妻が夫の帰宅前に見知らぬ男に暴行にあう。夫が犯人を見つけるけれど、警察へ届けることも犯人の家族に知らせることも妻は拒む。夫に加害者を許してあげてとまでいう。最初観たときは、妻が寛容すぎると思ったけれど、合評会で、イランの法律、イスラムの法律では、女性の暴行事件では、被害者の方の罪が重くなるという事実を知って愕然とした。妻は自身の保身のために、口外しないでくれと懇願していたのだ。夫は正義感や妻への愛情から口外しようとしたのではなく、自分の所有物を傷つけられたので怒っている、という。監督は、映画を通して、今のイランの社会状況、とりわけ女性の地位の低さを全世界に訴えたかったらしい。一人では見過ごしてしまっていたが、映画は、舞台になった国の文化や法律を知って観ることも大切な要因であることに改めて気づかされた。

「キネマ旬報」や「映画芸術」に執筆されている先輩たち。東京や岡山や福岡にいる先輩たちとの映画合評。正統派の「キネマ旬報」、やんちゃな印象の「映画芸術」。どちらの先輩たちの映画評も、大きな大きな映画愛にあふれていて、わたしは楽しみに読んでいる。

雪山

　映画が好きで、落語が好き。だから、名作映画を下敷きに古典落語を融合させた志らく師匠のシネマ落語も好きです。「シャイニング」というホラー映画に鰍沢(かじかざわ)という落語ネタを合わせたシネマ落語では、ホラーが笑いへと展開されていきます。

　舞台は雪山に閉じ込められた一家。映画ではジャック・ニコルソン演じる小説家が、ホテルの管理人として雪山で家族と過ごすうちに幽霊によって、狂気へと。シネマ落語では、噺家の林家正吉が一家で過ごす鰍沢で花魁の霊にそそのかれ、狂気へと。ジャック・ニコルソンは凍ったまま狂気の現場で発見され怖いですが、正吉は「凍っててんだよ」と怒りながら氷の中から飛び出し、笑いで幕。どうやら雪山は幽霊がでやすいようで。

唐茄子

落語に「唐茄子屋政談」という演目があります。大商店の若旦那が放蕩の末、勘当されます。自殺しようとしたところ、叔父の勧めで八百屋の行商人となって出直し、通行人に商売を助けられ、貧民長屋で母子を助けるといった人情噺です。炎天下、若旦那が唐茄子を天秤に載せて売り歩くさい、荷の重さにへこたれて吾妻橋の中ほどで転んでしまう、といったくだりがあります。唐茄子を茄子の種類だと思っていた私は、この描写に違和感でした。唐茄子が滅法重い、ころころと転がるだの……なぜ？と思っていました。そして、唐茄子がかぼちゃの別名だと知ったとき、おおいに合点でした。

休暇明け

今も街には映画館がない。映画好きな人たちがこの街で映画を上映したいと思った。由布岳の裾野、美しい自然と温泉、美味しいお酒ととり天、たんご汁のある湯布院で。

平成二十八年に四十一回目を迎えた湯布院映画祭。夏の終わりの五日間だけ、街の公民館やホールで選ばれた映画が上映され、上映後に作った人も観た人も懇親会や質疑応答で語り合う。

「良い物語があって、語り合う人がいるだけで、人生は捨てたものじゃない」

映画祭中、街は、「海の上のピアニスト」の名台詞さながら、映画愛に溢れる。去年参加したわたしは、ボランティアで映画祭を支える街の人の優しさ、常連客たちの博学さ、業界人の夢に魅せられた。映画祭が終わると、街は秋の色に染まる。夏の休暇が明ける。

秋風

秋は、小さな風の音から始まる。

空の高さや雲のかたち、木々の色付きももちろんだが、夏の暑さを払う涼風のおとづれが、一番、秋を感じさせてくれると思う。

高くなった青空に、砕け散ったような雲が広がっていた。

「空はどんな人の上でも青いわ。けれど、風の感じ方は季節によっていろいろだよね」

並んで歩く同級生の言葉に、わたしは頷いた。

「これから吹いてくる風、秋風が優しい風になるといいね」

その年、わたしたちは、高校卒業して三十年になろうとしていた。

映画と俳句

某月某日、劇場ホールで

「映画と俳句については、事象に対するアプローチの違いを船団誌に書いていますね」

「つたない文章でつづっています。書くにあたって調べたりしているうちに、俳句は映画というより、写真に近い芸術のような気がしています」

「写真と俳句は近いと思いますか」

「はい。瞬間を切り取るところが似ています。また、どちらも二次元で提示されます。映画と俳句も親和性は高いと思いますが、根本的に映画は動くものであるので、二次元ではなく三次元の世界で提示され、いろんな幅が広がります」

「映画と俳句で似ているところはありますか」

「映画も俳句もある面、仲間が必要というところは似ています。俳句の場合、個人での作句という道もありますが、句会となると仲間がいります。さらに、文学と同じで、どちらも生活の役には立たないけれど、心を豊かにしてくれるところは似ています」

カンナ

広島の原爆資料館の展示物の最後に、一枚のカンナの写真がある。去年、初めて訪れた原爆資料館で、わたしがもっとも心動かされた写真だった。

焼け野原になったこの地で、戦後五十年は植物が育たないと思われた場所で、被爆からおよそ一カ月後、カンナの赤い花が瓦礫の隙間に咲いたそうだ。展示写真は白黒だが、うだるような暑さのなか、青い空、赤い花、緑の葉の色彩が鮮明に浮かびあがり、生きるぞ、と語りかけてきそうな体感のある写真で、わたしはしばらく動けなかった。

「映像の発見」

二〇一七年四月、前衛監督の松本俊夫氏が亡くなった。恥ずかしながら、彼の映画はインターネット配信された部分を少し観た以外は未見なのだけれど、彼の評論はみんなのバイブルだったんだ、と松本氏の映画評論は薦められて読んだ。彼が一九六三年に発表した「映像の発見」という映画論文は、書かれている映画を知らないとわかりづらいことはあるけれど、意外なことに論理や観方は五十年後の今でも参考になる。

「日常のなかの異常」のページには以下のくだりがある。「ワイダや大島渚の例がそうであるように、すぐれた作品はつねにその時代的条件と深くかかわり合ったところで作られている。つまり、ある作家がある時代のある状況のなかで、ある決定的な体験をして、その体験の意味を徹底して見きわめようとするところから、はじめて強い普遍的な主題をもった作品が生まれてくるということにほかならない」

　ワイダ監督の遺作である「残像」を先日、観た。二〇一六年製作で、第二次世界大戦後、ソビエト連邦の統治下にあるポーランドが舞台。社会主義政権の圧政に立ち向かったヴワディスワフ・ストゥシェミンスキという画家の生涯を描いた作品だ。ワイダ監督のどの映画にもみられる一貫した政府への抵抗、信念を通すという主題は遺作においても継がれており、心を打つものであった。最近の日本映画にも、こういう普遍的な主題の、時代を映す作品が出てきて欲しいと思った。

秋夕焼け

十一月某日、新大坂から一時間半あまりで尾道駅に降り立った。映画が好きなわたしは映画のロケ地をめぐるのも好きで、大林監督の「ふたり」のロケ地をめぐる日帰りの旅をした。

「ふたり」は、一九九〇年公開の作品で、優秀な姉の死後、愚図な主人公が、幽霊の姉の助けを借りながら、友人や家族とのトラブル、恋愛を経験していく姉妹愛の物語だ。姉妹の通っていた中学校のロケ地、土堂小学校は尾道駅から十分だ。姉が事故で亡くなった坂道に行く。そして、二人が映画で住んでいた家は、知らない人の表札がかかっていた。

帰路、映画を回想し、今は義弟の仕事の関係でアメリカに住む妹のことを思った。頼りないわたしは、妹に姉らしいことを何もしてこなかった。逆に、早熟な妹に助けられてばかりだった。

天国にいる母親に、「お母さん、妹を産んでくれてありがとう。今度、妹が帰ってきたら、姉らしいことができますように」

そう願った先には、尾道の空いっぱいに、みかん色に染まった夕焼けが広がっていた。

美しい人

夏目雅子が好き。彼女の出演映画の中でも、森崎東監督作品「時代屋の女房」の真弓役の美しさは、特筆だと思う。白が似合う女性だった。

古道具を商う「時代屋」を営む安さん（渡瀬恒彦）の元に、くるりと日傘を回して現れた謎の女真弓。ふらりと家出して、戻ってきて、過去を語らない。父親や後妻との過去にとらわれる安さん。店を畳んで過去と決別するマスター。東京の生活を過去にして恋人の元へ帰る美郷。それぞれの過去との決別をほろ苦く描き、真弓という女の美しさ、儚さを描いた傑作。

田中好子が好き。今村昌平監督作品「黒い雨」は井伏鱒二の小説が原作でもあり、広島の原爆の後遺症を扱った秀作だ。原爆症のため縁談を断られる、年頃の瑞々しい娘矢須子を好演。彼女の真っ直ぐな瞳に憧れた。キャンディーズの時代から好きで、振りを真似して、友人や妹とごっこ遊びをした。スーちゃんの役がもらえると嬉しかった。

奇しくも二人は、若くして癌で亡くなり、生前の美しい映像でしか会えない。老いを感じさせることなく逝ってしまった。スクリーンでしか会えない人というのは、その美しさが映像に刻印されてしまい、いくつになってもその時のまま。映画は、ある面、女優さんたちの美しさを記録しておく道具かもしれない。

わたしの十句

わたしの十句　～一期一会～

人生のなかで、ほんの一瞬だけの出会いであっても忘れない人がいて、場面があります。

何気なく過ごしている中で、出会って、数十年してその有り難さがわかる人や場面があります。鬼籍に入られた人との出会いと別れは、思い出の俳句とともに心に残ります。

そんな切片を思い出す俳句を十句選んでみました。

ときめきを見透かしている夏の星

初めて、船団の句会に出たのは、ネンテン先生の烏丸のカルチャーセンターでした。三十人ほどの句会で、月一回、二句の投句です。この時、わたしのこの俳句を一人だけ選んでくれた方がいました。青木京子さんでした。ネンテン先生から、「青木さん、船団では甘すぎない」と冷やかされながらも、「好きです。童話的だけどいいと思います」と皆の前で言ってくれました。もう一方の俳句は零点だったので、その日は、青木さんの一点だけでした。初めての句会でドキドキのなか、一点でも入ったことが嬉しく、ほっとしました。

駅までの帰り道、青木さんとご一緒させてもらいました。簡単な自己紹介をしたあと、「今日からなのね。船団の句会も面白いわよ。がんばってね」と声をかけていただきました。

翌月、青木さんを探しましたが、欠席でした。大学の講師をしていた彼女は、当時、名古屋に住んでおられ、京都で講義があるときだけ句会にも出ていると言っておられました。その次の月も欠席でした。大学の仕事が忙しいのだろうな、と勝手に思い、欠席理由を人に尋ねることもなしに月日は過ぎていきました。

しばらくして、船団百五号で、彼女の追悼文を見つけました。享年六十四歳。たった一度しか会うことはできなかったけれど、あのおおらかで優しい笑顔は、夏の星を見るたびに思い出してしまいます。

またひとつ風を起こして風天忌

俳句を始めて間もないころ、第二回寅さん俳句大賞に応募した俳句です。運よく石寒太先生の特選に入りました。入賞の連絡を受け、葛飾区にある寅さん記念館で短冊が展示されることを知りました。東京に用事で行く折に、記念館にも立ち寄ることにしました。上京することを友人に連絡すると、俳句を始めたのなら、「卯波」にいこうと夕飯に連れて行ってくれました。

前から憧れていた「卯波」の暖簾をくぐると、神野紗希さんがアルバイトしており、江渡華子さんがカウンターで飲んでいました。店主の今田さんは、カウンター越しに気軽にみんなに話を振ってくれ、この方が鈴木真砂女のお孫さんなのだ、と割烹着の白さを眩しく見ました。

「ええ句ですね。俳句がんばってください」

今田さんにも受賞を喜んでいただき、楽しい宴を過ごしました。また「卯波」に来られたらいいなあ、と思いました。数年後、「卯波」は閉店しました。

たった一夜しか暖簾をくぐったことはなかったのですが、「卯波」での宴は、銀座のネオンの喧騒の中、閉店の淋しさも手伝って、八月四日（風天忌）が来るたびに、思い出してしまいます。

能面の裏の明るさ春の雪

三十代のころ、月三回、能のレッスンに通っていました。香里能楽堂が、能を普及するために、低料金でグループレッスンを開いており、友人と参加していました。仕舞と謡のレッスンの間にお茶の休憩時間があり、辰巳孝門先生と友人と和菓子を頂きながら、文学や映画の話をするのが楽しかったです。とりわけ、岩井俊二監督作品の鑑賞を言いあったのは、思い出深いです。

春休みなどは、当時幼稚園児だった子供を連れていきました。能楽堂には福井県出身の住み込みのお手伝いさんがおられ、私がレッスンの間、彼女が無料で子供を預かってくれました。手裏剣や紙飛行機の折り方を習ったり、能舞台の裏を探検したりしてくれたので、子供は能楽堂に行くのを喜びました。

孝門先生が御病気になられたのを機に、レッスンはなくなり、私も能楽堂から遠ざかってしまいました。ところが、数年前、弟の辰巳満次郎先生から東京藝大の後輩野村萬斎氏も来るから、と誘っていただき、また、暮れの宝生会の

時空を超えて

大きな装置を使って、ヒーロー、ヒロインが活躍するスピルバーグのハリウッド映画や正義の真実を暴くコッポラもいいけれど、市井の市民の人生の一瞬を描いたミニシアター系の作品が好きで、ヌーベルバーグの監督、トリュフォーやゴダール、ロメールの描くどうしようもない人生や恋愛に共感し反論し、ワイダやケン・ローチの描く政府への抵抗に胸を熱くし、どちらかというと、アメリカ映画よりヨーロッパ映画が好きで、けれど、ウディ・アレンの描くぼやきのような真実に納得し、イーストウッドの描くかっこつけない男らしさの映画に惚れたり、情感のあるアジア映画にも心揺さぶられ、ヤスミン・アハマドやチャン・イーモウの描く人を信じる美しさに涙し、キム・ギドクの逞しさにハラハラし、最近のイラン映画の台頭に瞠目してしまう。

映画は時空を超えて、たくさんのことをわたしに教えてくれる。

小さいころから③

小さいころから、映画が好きだった。

日曜洋画劇場、金曜ロードショーを家族で観るのが好きだった。ふだんは九時に寝かされていたが、映画のある日は十二時まで起きていてもよかったので、そのことも嬉しかった。

中学三年のころ、男三人、女三人で、初めて友達どうしで映画館に行った。地方都市の田舎の中学生だったので、映画館に行くのは、ビックイベントだった。女の子三人は、当時、流行のオーバーオールを着て、同じ髪留めをして、それなりに三人でおしゃれして、楽しみにしていた。

「地獄のモーテル」という映画だった。内容は、人間をミンチにして切り刻むというB級のホラー映画だった。選んだ男の子は、「モーテル」という題名から少しはエロくて、キャーと言って女の子が怖がって、という事を想像したらしい。

ところが、気持ち悪いホラー映画だったので、女の子三人に絶不評で、一人は吐きそうなほど気分悪くなり、帰りは男女バラバラに帰った。

主人と初めて一緒に観たのは「ゴースト、ニューヨークの幻」だ。わたしがミニシアター系の恋愛映画好きで、スターウォーズなどのハリウッド大作が好きな主人が合わせてくれた。幽霊になっても見守るといった甘い話だったので、彼は途中からねむたかったそうだ。隣でボロボロと泣いているわたしを見て、目が覚めたそうだ。わたしは映画を観てよく泣くので、その都度、びっくりされる。

忘れられない失敗は、大学のころ、映画を間違えたことだ。三条通りにあった東宝公楽で、「愛と哀しみの果て」という恋愛映画を友人と観に行った。今では考えられないが、入る扉を間違えたらしい。当時は自由席だった。予告編のあと、画面に映し出されたのは、「コマンドー」というアクション映画だった。始まったので変更できず、結局、最後までやたら強い人造人間コマンドーを観た。

小さいころから、本を読んだり、映画を観ることによって、他人の人生を垣間見たり、生き方に共感したりした。泣いて、笑って、落ち込んで、元気もらって、生きてきた。

映画館で二時間あまり、スクリーンを見つめていると、喧騒の彼方、異時空間の舞台へと誘われてしまう。劇場を出るとき、元気をもらえる映画が好きで、それは小さいころから今も変わらない。

わたしの十句

～一期一会～

人生のなかで、ほんの一瞬だけの出会いであっても忘れない人がいて、場面があります。

何気なく過ごしている中で、出会って、数十年してその有り難さがわかる人や場面があります。鬼籍に入られた人との出会いと別れは、思い出の俳句とともに心に残ります。

そんな切片を思い出す俳句を十句選んでみました。

ときめきを見透かしている夏の星

初めて、船団の句会に出たのは、ネンテン先生の烏丸のカルチャーセンターでした。三十人ほどの句会で、月一回、二句の投句です。この時、わたしのこの俳句を一人だけ選んでくれた方がいました。青木京子さんでした。ネンテン先生から、「青木さん、船団では甘すぎない」と冷やかされながらも、「好きです。童話的だけどいいと思います」と皆の前で言ってくれました。もう一方の俳句は零点だったので、その日は、青木さんの一点だけでした。初めての句会でドキドキのなか、一点でも入ったことが嬉しく、ほっとしました。

駅までの帰り道、青木さんとご一緒させてもらいました。簡単な自己紹介をしたあと、「今日からなのね。船団の句会も面白いわよ。がんばってね」と声をかけていただきました。

翌月、青木さんを探しましたが、欠席でした。大学の講師をしていた彼女は、当時、名古屋に住んでおられ、京都で講義があるときだけ句会にも出ていると言っておられました。その次の月も欠席でした。大学の仕事が忙しいのだろうな、と勝手に思い、欠席理由を人に尋ねることもなしに月日は過ぎていきました。

しばらくして、船団百五号で、彼女の追悼文を見つけました。享年六十四歳。たった一度しか会うことはできなかったけれど、あのおおらかで優しい笑顔は、夏の星を見るたびに思い出してしまいます。

またひとつ風を起こして風天忌

俳句を始めて間もないころ、第二回寅さん俳句大賞に応募した俳句です。運よく石寒太先生の特選に入りました。入賞の連絡を受け、葛飾区にある寅さん記念館で短冊が展示されることを知りました。東京に用事で行く折に、記念館にも立ち寄ることにしました。上京することを友人に連絡すると、俳句を始めたのなら、「卯波」にいこうと夕飯に連れて行ってくれました。

前から憧れていた「卯波」の暖簾をくぐると、神野紗希さんがアルバイトしており、江渡華子さんがカウンターで飲んでいました。店主の今田さんは、カウンター越しに気軽にみんなに話を振ってくれ、この方が鈴木真砂女のお孫さんなのだ、と割烹着の白さを眩しく見ました。

「ええ句ですね。俳句がんばってください」

今田さんにも受賞を喜んでいただき、楽しい宴を過ごしました。また「卯波」に来られたらいいなあ、と思いました。数年後、「卯波」は閉店しました。

舞台を鑑賞するようになりました。グループレッスンから始まった能の鑑賞は、今では、わたしの暮れの鑑賞行事のひとつになりました。

一方、俳句で能を詠みたいと幾度か試みましたが、どうも上手く詠めません。この俳句は、辛うじて、ネンテン先生の選を得た俳句です。

雁渡る難民渡る境界線

シリア空爆の影響で、難民が海を渡って、ドイツやフランスを目指しました。子供が遭難して浜に打ち上げられたニュースに胸痛めました。秋から冬にかけて、海でおぼれるのは寒かっただろうな、と小さな遺体の映像を前に涙しました。

境界線というのは、国と国の国境線と同時に、生死の境界をも意味しています。

今も空爆が続いているシリア。境界線を生きている人がいるという現実。俳句で平和を訴えようなどというウェルメイドな考えではなくて、俳句で現実を淡々と詠むことは大切だと思います。

時事を俳句に詠むことは賛否両論ありますが、わたしは現代を生きる人を詠むことは悪いことではない、と思います。

櫛買って人想う夜十三夜

「女性は恋をすると、すぐに俳句に詠みたがる」と言った句友がいましたが、私は違います。恋も一期一会です。恋はするものではなくて落ちるものであって、滅多にあるものではありません。そして、私の場合、恋が甘くなって俳句に詠むようになるには時間がかかります。タイムリーな恋ではなくて、思い出を詠むことが多いです。

歳を重ねると、どういうわけか、欠けているところのある人間に魅かれます。どんな人間にも表と裏があり、強さと弱さがあります。若いころには、その人の表や強さに魅かれていましたが、だんだんと裏や弱さ、愚かさに魅かれるようになりました。それは、すなわち、人間そのものが面白くて、好きになっているのかもしれないです。

新しいパンプスは赤落葉舞う

洛北に妙満寺という古刹があります。そこで、年三回、雪の会、花の会、月の会といった句会が催されます。ゲストがいることもあり、季節のお弁当やお菓子を句会前に頂くこともあります。句会には青年僧も参加し、その境遇を聞けたりもします。お寺でする句会は、庭の四季を楽しめることもあり、いつもの句会とは違って新鮮です。この俳句は、二〇一六年の月の会のとき、袋回しで「落葉」の兼題で即興、詠んだものです。入選賞品で、千葉県産の三キロの新米をいただきました。

昼の月ふたりになって知るひとり

中みね子監督と会ったのは、平成二十七年、湯布院映画祭の「亀の井別荘」で行われた懇親会でした。岡本喜八監督の奥様で、監督を支えてこられた方です。監督の死後、七十六歳にして、映画監督デビューもされました。恋愛の話になると、「人はね。人を愛したとき、一番孤独になれると思う」と示唆に富むお話をしてくれました。

聡明で偉そうぶるところなく、とても気さくな方でした。スタッフに「ママ」と呼ばれ、ロケ地を自ら決めた話などもしてくれました。

ひとりでいても淋しくなく、ふたりでいることを知ってしまってからのひとりになる淋しさ。だから、人を愛したとき、一番孤独になれると思う。映画関係者の方の言葉は、経験に裏打ちされていることが多いです。そして、その言葉は重みがあって、わたしを魅了します。

秋白しウクライナでも秋白し

　船団の北摂句会にだした俳句です。ロシアがウクライナに侵攻し、世界中の人々が小さな国の平和を願っていました。ウクライナからの映像では、戦車や戦闘機、瓦礫とともに、ウクライナの秋、紅葉の様子も流されていました。

　句会では、ネンテン先生と甲斐さんが選んでくれました。翌年の秋、e船団の今日の一句でも取り上げてもらいました。それが、元朝日新聞記者Gさんの眼にとまり、彼は自分の以前の赴任地横手支局に、御自身の評をつけて投稿してくれました。秋田に住む友人から、私の俳句が読まれている、と聞いたときは、びっくりしました。

　数千キロ先の見知らぬ人と瞬時に伝わるインターネットの凄さを、この俳句は教えてくれました。

雪沓で歩く道にも未来あり

東日本大震災から二年後の冬、テレビでは、仮設住宅で暮らす子供たちの明るい笑顔を写しだしていました。一時避難をした人が街に帰ってきたニュースもありました。鉄道や道路も少しずつ回復していく様子が映しだされていました。職場や学校での募金に協力し、福島産の食材を買うこと、祈ることしかできなかった日々ですが、被災地の子供の笑顔の映像に、少し暖かな気持ちになり、詠んだ句です。

後藤立夫先生の特選句でした。平成二十八年、七十二歳で亡くなりました。あまりにも早すぎる死でした。お父様が偉大過ぎて、大きな背中を追っておられ、学問も囲碁も将棋も勝てたけれど俳句だけはまだまだ勝てん、と快活に笑っていた姿が懐かしいです。

蜜柑むく宇宙旅行の話して

ネンテン先生が選をする京都新聞の俳壇の入選句です。「この句、現代のいかにも幸せな風景だ」との評でした。船団の人の俳句は、どちらかというと、前向きな向日性の句が多いと思います。入会当時、どうしてそんなに明るいの、って思ってしまうこともあったけれど、日を重ねるうちに、詠んだあと、ふっと笑える俳句、あたたかな気持ちになれる俳句はいいなあ、と思いました。

芥川龍之介の短編「蜜柑」は大好きな小説で、高校生のころ、初めて読んだとき、汽車から蜜柑を投げる光景に胸がいっぱいになった記憶があります。蜜柑は、案外、幸せの小道具となるのかもしれないです。平凡のなかにある小さな幸せを掬いとる。そんな市井の俳句を詠んでいきたい。

一方で、挑戦し、新しいものを求めて詠む。そんな俳句も詠めたら嬉しいです。

あとがき

一昨年、編集者の友人から、「なっちゃん、句集をだしましょう。二百句は集めてください」と言われました。去年から、船団で「俳句とエッセー」シリーズが始まりました。ネンテン先生から誘いを頂きましたが、彼女の出版社のことがあって、断っていました。

去年、彼女が突然、会社を辞めました。二百句をネンテン先生に見せると、エッセーの方がいいから、「俳句とエッセー」の方を先にだしませんか、との話になりました。彼女がいた出版社の上司の方に、理由を説明し、この企画に、急遽、末席ながら加わらせていただくことになりました。

エッセーを書くのは好きなので、作業は楽しかったです。俳句を始めてから、文学、仕事、映画、俳句、これに柱である家事を加えて、わたしの日常は、進んでいきます。

題名である「蜜柑の恋」は、「蜜柑むく宇宙旅行の話して」の俳句から、平凡な毎日のなかで、幸せな世界が広がりますように、との思いからつけました。人との出会いをキーワードに、各章が紡いでくれると嬉しいです。俳句は七年間の中から百句、エッセーはe船団に載せている「今週の季語」を中心に選びました。

今回、企画して頂き、俳句の指導を受けているネンテン先生、日頃、句会をともにしている船団の会のみなさん、出版でお世話になった大早夫妻に感謝します。そして、出会ってきた文学、映画、薬学、俳句関係者の素敵な人々、家族に感謝します。ありがとうございました。

著者略歴

衛藤 夏子（えとう なつこ）

1965年　大阪府生まれ
1993年　第十一回大阪女性文芸賞佳作受賞
2009年　「諷詠」入会　俳句を始める
2011年　「船団の会」入会

現在　大阪女性文芸協会理事、「船団の会」所属

住所　〒573-1145　大阪府枚方市黄金野１の１５の７
enatsuko@trust.ocn.ne.jp

俳句とエッセー　蜜柑の恋

2017年9月19日 発 行　定価＊本体1400円＋税
著　者　衛藤　夏子
発行者　大早　友章
発行所　創風社出版
〒791-8068 愛媛県松山市みどりヶ丘９－８
TEL.089-953-3153 FAX.089-953-3103
振替 01630-7-14660 http://www.soufusha.jp/
印刷　㈱松栄印刷所　製本　㈱永木製本

ISBN 978-4-86037-252-1